보살님도 오늘은 시인이다

공감시인선 73

보살님도 오늘은 시인이다
ⓒ 하강섭, 2026

지은이_ 하강섭

발 행 인_ 이도훈
펴 낸 곳_ 파란하늘
초판발행_ 2026년 3월 20일

사무실_ 서울시 서초구 법원로3길 19, 2층 W109호
            (서초동, 양지원빌딩)
전 화_ 02) 595-4621, 010-6722-4621
팩 스_ 050-4227-4621
이메일_ flyhun9@naver.com
홈페이지_ www.dohun.kr

ISBN_ 979-11-94737-52-0 03810
정가_ 15,000원

보살님도 오늘은 시인이다

하 강 섭 시집

파란하늘

시인의 말

20대에 시인의 꿈을 꾸었고
60살에 첫 시집을 냅니다.
많이 사랑해 주시기 바랍니다.

2026년 봄
거제에서

차례

1부 꽃잎에 새긴 연서戀書

2부 아스팔트 위를 걷는 야전사령관

3부 어머니의 무명수건

4부 단풍, 그 뜨거웠던 안녕

5부 제행무상의 바람이 머무는 곳

해설

1부

꽃잎에 새긴 연서戀書

무엇을 원하는지
서로가 잘 알고 있기 때문에
그때마다 시를 써 주었다

수국 씨에게 시를 써주다

꽃에게 시를 써 준

시인은 몇 있을까

다행히 나는 그런

이력을 갖고 있다

흰빛 분홍빛 파란빛 보랏빛

입술로 찾아올 때마다

무엇을 원하는지

서로가 잘 알고 있기 때문에

그때마다 시를 써 주었다

수국 축제장 가는 길

노자산 고개 너머
저구항으로 가네

수국꽃 그늘이 있어
쉬고 있었더니

높새바람 스쳐가며
분 향기 흩날리네

아! 뿔싸
미모의 그 여인이
먼저 걸음하였구나

자미화 씨에게

핑크빛 립스틱을 진하게 바르고
올해 또다시 여름의 여왕님께서
날 찾아오셨는데
여전히 화려하시고 예쁘군요

사부작 장독대 너머에서
절간에서 언덕에서
조용히 그리움의 눈빛으로 나를 보고서야
단박에 알아차리는군요
황홀합니다 감사합니다

우리 오랜만이잖아요
아무리 더워도 인사는 해야지요
사랑의 흔적 화인火印 하나는
가슴에 새겨 두기로 해요

타오름달 이레에 만났으니
당신이 떠날 때쯤

나는 어느 가을날 단풍나무 아래서

황홀한 기억을 돌아보려 하오

명년에 때맞춰 다시 올테니

너무 걱정하지 말아 주오

능소화

소화야
청순하고 자태 고운 소화야

네가 온다는 데
나는 아직 녹슨 철대문을
빨간 원피스 색깔로 치장하지
못하였구나

내 정성이 부족하다 하나
그래도 은근슬쩍 대문을 두드리면
반갑게 맞이하리라

나랑 놀다가
너의 애정이 식기 전에
너의 사랑이 땅에 툭툭 떨어지기 전에

내 얼굴에 미리 고운 낙관이라도
하나 찍어 두어라

이왕이면 시뻘건 붉은색으로

8월의 목수국

향기로운 님께서 산골짜기
깊숙한 절간에 숨어서
피었다고 내 어찌 모르리오

꽃 중의 꽃
8월의 목수국을
정녕 모를 수 있단 말인가요

나비 같은 몸짓으로
님의 향기를 찾아 헤맸지
참으로 오랜 시간이 흘렀소

오늘처럼 화창한 8월 끝자락
향기가 얼마나 자극적이었던지
일주문 들어설 때부터
이미 먼발치서 알아버렸소

가는 세월 탓하지 않지만

그리움 외로움 쌓이지 않게
마지막 떠나는 그날까지

님의 아름다운 꽃숭어리에
나비처럼 너풀너풀 날아 앉아서
향기에 흠뻑 취해
가을의 문턱을 넘어가려 하오

꽃과 나비

나는 꽃도 나비도 아닙니다

하지만 봄 한철엔

그대가 꽃이고

나는 나비였으면 좋겠습니다

그대는 기다림이었고

나는 설렘이었습니다

나비는 아지랑이 너울거리듯

막 피어난 수줍은 목련의 입술처럼

그대에게 다가가 향기에 취해

오래도록 스미고 싶습니다

하지만 봄날이 짧은 탓인가요

떠나기 아쉬운 탓인가요

우리는 이미 이별을 예고하고 만났듯

미풍에 흔들리며

갈 길이 바쁘다며
인사조차 건네지 못하고

바람 따라 떠나더라도
가슴 저미지 않겠습니다

꽃무릇

누군가 너에게
선선한 가을에
그늘지고 음습한 곳에서
만나자는 연서를 보내거나
받은 적도 없다

너를 가꾼 사람도
빨간 파마머리를 해 준
사람도 없다

근데 해마다 길 언저리
오목하게 쏙 들어간 곳에서
어여쁜 자태로
다보록이 찾아온 꽃무릇

길가는 나그네 뒷덜미를
낚아채며 사랑 한번 하자는데
보아하니

체중 40키로 허리 23인치 될락말락

사랑할까 말까 뜸 들이다
고민하다
아! 벌써 이별이라

꽃의 미학

차창 밖으로
흔들리는 꽃들의 눈빛 속에는
가파른 시간이 흐르고 있었다
한 달 전이 다르고
일주일 전이 달랐다

노오란 금계국의 물결과
자귀나무꽃들의 옅은 미소가 막 피어나
수줍게 흔들린다

지나가던 바람조차
생각할 틈을 주지 않는다
눈 깜짝할 새
먼저 핀 꽃들은 행적을 감춰버렸다
이 모든 것들이 영원할 수는 없다

한때 왔다가 사라지는 것이 예쁘고
바람에 흔들리면서 피는 꽃들이

사랑스럽다

눈물꽃

눈을 감아도 눈을 떠도
자꾸만 그녀가 몽글거리며 피어오른다
함께 아스팔트길을 걸어도 좋았고
백사장 위를 걸어도 좋았다
그녀가 불러주던 7080 추억의 노래들이
내 마음을 설레게 했다

언제부턴가 무시로 눈가에는
눈물샘이 고였고
보고 싶은 날에는
하얀 모래톱에 앉아
반짝이는 윤슬에 사랑 사연 띄워보지만
윤슬은 내 맘 아는지 모르는지
까막까막 무소식이다

수줍은 소년의 가슴에 여태껏
사랑한단 말 한마디 못하고
가슴앓이 하는 나는

그리움이 눈가에 고여

눈물이 그렁그렁 차오를 때

멀리서 그녀가 손을 흔들며

달려오는 걸 보고서야

비로소 마음이 놓였다

*1984년 여름 해운대 해수욕장에서

봄을 배웅하며

잿빛 입술로 떠나는 들꽃이
네 본향이 어디냐고
나이가 몇이냐고 분분히 물어올 때마다
사는 게 바빠서
삶의 한계점이 흐릿해서
모른다고 도리질 쳤지만

여전히 가슴팍 한구석이 허전함은
그리움 저편으로 보낸 봄을 빌미로
애꿎은 술잔을 비우고 싶은 마음은
너나 나나 서로 통했을 게다

마누라 잘 만나
40대 중반에 그 좋은 직장도 마다하고
겉낮이 번지르르한 친구도
험한 세상살이 방점 하나 찍지 못해
돌아앉아 고민한다

고샅이 가렵다던 친구도

오늘만큼은 봄을 배웅하는 마음이 애잔하여

주향에 취해 이래저래

얼굴이 골붉다

구절초 당신

나는 매일 이 길을 스쳐 갔지만
당신이 나를 만나러
우리 동네 어귀까지 찾아와
가슴앓이 하고 있었을 줄이야
들풀에 가려 속울음 태우며
얼마나 기다렸을까

길 언저리 제초작업 후에
환희 드러낸 방긋방긋한 미소
오! 내 사랑
향기롭고 귀티 나는 저 여인
분명 천상에서 온 것이다

두어세 시간 짧은 사랑의 밀어를 속삭였지만
가을이 저만치 떠나고
구름 속으로 사라질 땐
나에게 문안인사라도 하고 떠나거라

가슴앓이

해마다 가을이면 재발하는

평생 고질병 가슴앓이에 왜 허우적거릴까

이유가 뭘까

그리움 때문일까 외로움 때문일까

사랑 때문일까

신열이 끓어오르고 입이 바싹바싹 타들어가는

이유는 뭘까

왜 유독 가을에만 그런 것일까

단순한 감기라면 약 한입 탁 털어 넣고

물 한 잔 꼴딱 삼키면 될 일인데

고질병은 약도 없으니

가으내 나는

원인을 알 수 없는 가슴앓이 환자다

그리움의 편지

아카시아꽃

오월 하늘에 주렁주렁 열렸던 날

그대와 공원 산책길을 걸어도 좋았고

호젓한 오솔길을 걸어도 좋았다

사랑과 낭만이 가득한 오월

그대와 벤치에 앉아 그윽한 꽃향기가

물씬 코끝을 스치면

은은한 사랑의 눈빛은

어느새 마주 보고 있었다

그리고 시간은 강물처럼 흘러

그때 사랑의 열정이

얼마나 뜨거웠던지

얼마나 달콤했던지

선명한 기억들이 가슴에 녹아들어

쉽게 지워지지 않는다

오늘도 그대를 생각하며

아직도 내 심장에 뜨거운 피가 돌고

지나버린 꿈속에 젖어

떠나보낼 수 없다

오월의 찬란한 햇살 아래서

그리움의 편지를 쓴다

야생화

가까운 뒷동산에도
먼 길을 가더라도
언제 어디서나
너와 함께할 수 있어 좋다

척박한 땅
비옥한 땅 가리지 않고
울타리가 없어도
지붕이 없어도
탓하지 않는다

이름을 감추지 않고
속내도 감추지 않는다
그래서 마음 넓은 네가 좋고
자유로운 네가 좋다

그중에서도 제일
너캉 나캉 속궁합이 잘 맞는

사랑이라는 꽃말을 가진

오월의 장미꽃이 더욱더 좋다

네게 한번 빠져들면

나를 영영 인양하기 힘들 것 같은

겨울에 핀 꽃 한 송이

2024년 양력 섣달그믐에

며칠간 연가를 내고 울산으로 갔다

무에 그리 바빠

아들 횟집 개업식에도 가보지 못한

무거운 마음과

한 해를 보내면서 기쁨보다 아쉬움이 많았던

일상들이 바람처럼 스쳐간다

어쩌면 삶의 변곡점에서

인생휴게소가 필요했는지도 모른다

정성스레 차려준 해물과 겨울의 별미

방어회를 맛본다

처음으로 받아보는 진수성찬이다

맥주를 따르니 사랑의 거품이 무한대로

부풀어 오른다

태화강변을 거닐며

매서운 바람이 옹골지게 불어와도

가슴이 따뜻하다

세상 어딘가에 남겨둔 내 발자국을 되뇌며

수채화 같은 아름다운 기억은 가슴속에 묻고

가슴 시린 기억은 겨울바람에 실어 보낸다

지금까지 자식 사랑은

부모 가슴에 피어난 한 송이 꽃이었지만

오늘 부모 사랑은

자식 가슴에

한 송이 꽃으로 활짝 피어난다

들꽃에 대한 보고서

무시로 장미다방에서 차 한잔하자던

그녀는 어디로 갔을까

노란 드레스와 하얀 드레스를 입고

바람에 나부끼던 금계국과 불두화는

어디로 갔을까

길거리에 수국 개망초 수레국화 능소화 원추리

자귀나무꽃들이 무성하다

그들만의 세상은 네 땅 내 땅이라고

선 그어 놓지도 않았다

팔색조만큼이나 매력적인 여인 수국은

후리지아 원피스 사이로 투시되는

꽃등이 아름답다

산야에 흐드러진 앙증맞은 꽃

개망초 망국초라고 누가 이름 지었나

계란프라이 해 놓고

나를 기다리는 조강지처 같은 당신을

도깨비부채 하나 들고 엇나가는 사내들을

바른길로 다스리는 수레국화

능소화는 애절한 사랑을 찾아

한여름 밤 담장을 넘는다

원추리는 주황빛 향기로

단 하루의 풋사랑을 보채지만

배알도 없는 나는 능선을 넘지 않는다

산자락에서 수많은 들꽃들을 내려다보는

자귀나무꽃

사연도 모른 채 눈만 멀뚱멀뚱하다

들꽃처럼 살고 싶다

바람이 씨앗을 뿌려주는 데로

아무 데서나 퍼질러 앉아

꽃 한 송이 피우고 싶다

지나가는 길손들 내 이름을 몰라도 좋다

하지만 핸드폰으로 내 얼굴을 담아

이름을 물어보고

향기를 맡아주고

귀엽다고 쓰다듬어 주고

말벗이 되어주면 더욱 좋다

깊은 산속에서 교태가 여우 같은

바람난 여인 얼레지가 되어도 좋고

길가에서 하얀 이 드러내 놓고

오는 여인네 가는 남정네

쳐다보며 손 흔들어 주는

한 송이 민들레가 되어도 좋다

개불알꽃이 인사한다

앙증맞은 개불알꽃이

담장 밑으로 부는

아침 바람에 환히 웃으며

출근길 맞이하고

정오의 따가운 햇살에

입을 꾹 다물고

죽은 듯이 엎드려 있다가

또다시

담장 밑으로 부는

저녁 바람에

고개를 들고 환히 웃으며

퇴근길 배웅한다

너는 바람인가

날마다 손에 잡힐 듯하나
잡히지 않는
신기루 같은 그것

다가서려 해도
늘 달음박질치는
반딧불의 반짝임 같은 유혹

눈뜨면 코는 길어지고
가슴은 까맣게 타들어

이제 그 마음 지우고 지우고 싶어
날마다 애쓰건만

나뭇가지 끝에 걸린
바람이 자꾸
핑크빛 연서를 전한다

2부

아스팔트 위를 걷는 야전사령관

허공을 가르는 하얀 연기

식도를 타고 들어가 기도를 나오면서

폐를 야금야금 갉아먹고 있었다

야전사령관의 직감

거제 산업경기가 하늘을 찌를 쯤
나는 00지구대에 근무했었다
국내에서 열 손가락 안에 드는
바쁜 지구대로 소문나 있었다

주거지에서 도보로
고현시장을 경유해 출근하는데
초저녁부터
취객들이 길모퉁이에 널브러져 있었다

사무실을 들어서니 뒷수갑을 찬 사람들
이유 없는 취객들이
고함을 지르며 아수라장이었다

채 근무복도 갈아입기 전에
하 주임님 빨리 내려오이소
왜~ 무슨 신곤대
아들이 술 먹고 부모님께 행패 부린답니다

출근 담배와 커피 마실 시간이 어디 있으랴
그 맛은 논 서 마지하고도 안 바꾸는 기라 했는데
구시렁거리며 생각하니

이건 분명히
둘이 나가서 해결될 일이 아니라는
야전사령관의 직감이 뇌리를 스쳤다

순찰차 1대 더 지원하시오
직원 넷이서 현장에 도착하니 서로 시비 중이다
사연을 캐묻는 순간 이 000들 다 죽여 버린다며
주방으로 가더니 흉기가 번뜩인다

넷이서 겨우 제압을 하고 00병원 00과 응급입원
조치하는데 벌써 23시를 넘어섰다
본서 근무보다 현장에서 발로 뛴
야전사령관의 직감이 적중했다

병원 흡연 구역에서 담뱃불을 붙이고

논 서 마지를 찾으려는 순간

또 무선 지령이 떨어진다

주점 내에서 술값 시비가 벌어졌다는 신고다

끝이 보이지 않는 지령 지령

어렴풋한 새벽녘까지 퇴근하는 그 시간까지

컴퓨터는 계속 배가 고프다

아침 퇴근길

허공을 가르는 하얀 연기

식도를 타고 들어가 기도를 나오면서

폐를 야금야금 갉아먹고 있었다

오늘 실습은 휴식

시나브로 시간은 흘러
2학년 6월 중순
선반기능사 2급 자격시험에
학우들은 첫 도전을 했다

열흘이 지날 즘
점심 식사 마치고
나른한 몸으로 공구통 들고
실습장에 들어서니

그 엄격한 실습 교사는
오늘따라 연못을 서성이며 물고기들과
사랑의 밀어를 속삭였고
머리카락은 백사장에서 불어오는
허연 바람에 흩날렸다

얼굴엔 장산 기슭에서 피는
싸리꽃이 환했다

평상시 들고 다니던 실습교재와
쓰리쿠션* 회초리도 손아귀에 없었다
실습장 앞에 도열하여 구령 삼창도 없었다

그냥 그늘진 곳에 자유롭게
편안히 앉으라고 했다
그리고 가슴에서 메모장을 꺼내더니
호명하는 학생들은 일어서라고 했다
76명의 별 같은 이름들을 하나하나 불렀다

이번 실기시험에
최종 합격자 명단이라고 했다
우리는 함성과 함께 교사를 헹가래치며
눈물샘이 터져
온 작업복이 울긋불긋했다

그동안의 수고와 격려의 말씀을

아끼지 않으셨다

오늘 실습은 휴식!

*쓰리쿠션: 회초리 1대를 맞으면 따다닥 소리를 내면서 3대 맞은 효과가 나타남

당신은 시인입니까

아직 나도 나 자신을 잘 모릅니다
어떤 이는 시인이라는 사람도 있고
어떤 이는 잡부청 직원이라고도 하고
㈜종합상사 직원이라고도 합니다

그러다가 더러는 생명을 앗기는 수도 있습니다
그런데 분명한 것은 비가 오든 바람이 불든
밥벌이를 해야 합니다

어떤 이는 막노동판에서 노동을 하는 일용직보다
못하다는 사람도 있습니다

그들은 비가 오면 잠시 쉬었다가
태풍 불면 납작 엎드렸다가
다시 제자리로 돌아가지만
나는 비도 태풍도 피해 갈 수 없으니까요

그것뿐입니까

매일 간 졸이며 살얼음판 위를 걸어가다
언제 허방에 빠져 침몰할지 모릅니다

지금까지 단 하루라도 마음 편한 날이
없었습니다

몸은 이미 미라가 되었고 설령
자유의 날개를 단다해도
어깨를 퍼득거릴지
팔을 움직일 수 있을지 시를 쓸 수 있을지
아무것도 알 수가 없습니다 현재로선

등걸잠 자는 취객

한여름밤은 취객들의 천국이다
등걸잠 자는 취객들은 여기저기 널브러져 있고
지구대 사무실 컴퓨터 사이렌 소리는 요란하다
단연코 CODE3* 신고가 1순위다

밤이 깊어갈수록 더욱더 요란하다
초점 잃은 눈동자는 흐릿하고
하의는 겹겹이 젖어있고 알코올에 담금질한 몸은
악취와 암모니아 냄새로 코를 찌른다
어깨를 툭툭 두드려 깨우니 서슬 퍼런 혈기만
난무하다

욕설이 안주였는지
서러움이 화풀이였는지
거처를 물으니 왜 시비냐고 반문하며
온갖 더러운 욕지거리와 행패로 되돌아왔고
주먹이 날아다니고 발길질이 어둠을 가르고
가로등이 휘청인다

어제도 오늘도 내일도

취객들에 시달리는 일들이 가장 곤혹스러운 일

전쟁터와 같았던 어두운 밤이 밀려가고

취기 어린 새벽달이 구름을 건너고

저승사자는 수첩에 적어둔 명단을

죄명별로 형량별로

처벌 수위를 저울질하는 아침

밤새워 동분서주한 나는

한여름에 머리칼이 억새꽃이다

*CODE3: 다급하지 않는 신고

어떤 날의 자화상

삭막한 이 도시의 공간에서

쑥국새 우는소리는 듣지 못하였으나

시끌벅적한 아이들의 소리는 정겹다

어제 피었던 꽃들이 진다

꽃은 슬퍼하지 않고도 진다

바람이 생채기를 내어도

소리 내어 울지 않는다

제 몸 부서지지 않으려고

솜처럼 가볍게 떨어진다

해지는 어스름은 기쁨이 있어야 하는데

매일 벗어놓은 제복에는

걸쭉한 비애가 떠다닌다

잠시 국어사전을 펼쳐 시어를 찾는다

쓰다만 시를 다듬는다

옷도 못 입힌 채로 손을 놓고

훌쩍 밤늦은 시간 앞에 앉아 있다

내일 아침 밥벌이 시간에 쫓겨
시간을 늘릴 수도 없다
잠을 청한다
쉬는 날에는 시어 하나를 줍기 위해
산과 들을 헤매야 한다

상처들이 서서히 아물기 시작한다

상반기 인사발령이 났다
한적한 시골의 파출소다
지옥과도 같았던 도시의 지구대를 벗어나
몸도 마음도 한층 여유로워졌다
출근하면 티타임과 담배 한 대 피울 수 있는
넉넉한 시간이 주어졌다
하지만 불철주야 근무는 도시나 시골이나
마찬가지다

낮이면 봄의 꽃들이 피어나 과거 안부를 묻고
밤이면 둔덕 청마교 위의 등대가 걸어와
반갑다고 꾸벅 인사를 건넨다
시골마을 구석구석 순찰을 하면서
둔덕면 방하2길 6 청마유치환 기념관에서
행복 시를 읽는다

- 세상의 고달픈 바람결에 시달리고 나부끼어~~
나는 진정 행복하였네라

나의 고달픈 현실과 삶에 정면으로 일치한다
시라는 게 이렇게 아름답고
삶의 에너지가 된다는 것을
처음으로 느끼게 된다

나는 틈틈이 깃발 봄소식 그리움 등을
핸드폰으로 스캔하여
마을 앞 수령 350년 된 느티나무 아래서
시를 감상하면서 점점 물들어 간다
지금까지 혹독하게 살아왔던 나의 삶이
가슴 아픈 상처들이 서서히 아물기 시작한다

소주병의 비애

어둠이 내리는 술시가 걸어오면
나는 냉장고 속에서 꺼억꺼억 울고 있다
포악한 남정네들의 손아귀에
목덜미를 한번 잡히면
수많은 고통을 감내해야 한다

거꾸로 세워 팔꿈치로 뒤통수를 내리치고
온몸을 비틀고 흔들어 힘을 쭉 빼놓고는
투박한 손으로 뚜껑을 열고
속을 끄집어내어
거품으로 피어오르는 맥주잔에 희석되어야 한다

포악한 남정네들의 뒤풀이가 이어지는 밤
나는 텅 빈 가슴을 안고
차례대로 구석진 곳에
서 있으니
뱃속에서 토하는 바람 소리가 슬프다

뭇 사내들이여
그들에게 경고한다
쌀밥과 보리밥의 배합은 개인 취향대로 하시되
속을 다룰 땐 부드럽게
간지럽게

8월의 마지막 밤

8월의 마지막 근무 날이다
저녁 밤을 그냥 보내면 서운할 것 같아
창고방에 잠자는
야관문 피파주 말굽버섯을
죄다 깨워 군무를 시킬 생각이다

한낮의 그림자가 서서히 내 사무실 옥상
흡연부스 기둥에 열댓 발 축 늘어져
기대어 있다가 이제 슬그머니
구렁이 담장 넘듯 물러가는 시간
고현 시장을 기웃거린다

투명 유리관 속에서
은빛 몸매를 자랑하는 깨순이가
유혹의 눈길을 보내며 동석하자고 한다
육군보다는 해군을 좋아하는 내가
굳이 마다할 이유가 없다
입추와 처서가 지난 선선한 오늘 밤

서로 술잔을 주거니 받거니 하다

밤의 블랙홀 속으로 빠져들어

오르가슴의 절정이 어딘지 내달리다

물에 젖은 솜뭉치처럼

너도 쓰러지고 나도 쓰러지고

결국 깨순이에게 먹혀버린 건 나였다

오늘 밤 아삭아삭 쫄깃쫄깃한

식감이 참 꼬숩다

송도 방파제는 어디로 갔을까

35년 전에 같은 직장을 다녔던 선후배 간에
송도 방파제에서 독서토론회를 했다
초저녁 상현달이 눈을 껌벅이면
우리들은 일렬로 길게 늘어선 포장마차로
숨어든다

포항제철의 수려한 야경 불빛을 마주하며
마광수 조정래 박경리 등 소설의 주인공 얘기로
운을 뗀다
접시 위에는 해삼 멍게 개불 낙지들이
똬리를 틀었고
책 속에서 굴러 나온 내용들을 혀끝으로 뱉어내며
정겨운 술잔은 가슴속으로 파고들어
얼굴은 태양에 달군 노을빛으로 변해갔다

뼈와 피가 없는 술안주의 공통분모는
같은 주제로 토론을 하는 우리들과 닮은 꼴이다
새벽 그믐달이 잠에서 깨어

우리들을 밀어내는 그 시간까지

용광로는 쇳물을 달구고 있다

몇 년 전 친구들과 방문했을 땐 가뭇없이 사라졌고

갈매기들이 우리들을 등에 업고

소주 한 상자와 해물을 건네며

딱 한 시간만 놀다 가라 했다

화양연화 1

3학년 2학기 9월 어느 날
해운대 바닷가에서 불어오는 바람의 색깔은
오늘따라 유난히 분홍빛이다

그토록 기다리고 기다렸던 인고의 시간 끝에
취업의 문이 활짝 열렸다

와~와~ 하는 함성 속에 교정이 후끈 달아올랐다
대기업 공기업 방위산업체
수많은 기업에서
학생들을 모시기 위한 치열한 경쟁

나를 기술자라고 고급 엔지니어라고
리무진버스들이 캠퍼스에 줄줄이 대기 중
취업담당 선생님과
회사 임원급 간부들과 회의는 현재진행형이었다

아~ 이토록 감격스러운 날이 있었던가

어느 버스에 몸을 실어야 할지
행복한 고민에 빠져드는 그 시간들

아픔도 슬픔도 눈물도 지우고
꽃잠 자는 날이 올 줄이야

화양연화 2

사랑의 빛과 어둠이 채색된 슬픈 노래를
청승맞게 잘 불러
늘 눈물샘을 자극했던 음악가는 대기업으로
시를 아주 잘 썼던 시인은 공기업으로
까칠까칠하면서도 유순한 대구 남학생은 사범대학으로
나는 방위산업체로 각자 나래를 폈다

졸업생 800명 중 진학 50% 취업 50%
나는 선반과 기계설계 자격증 2개 취득했는데
설계는 일종의 사무직이라 잔업 특근이 적고
철야근무가 없고 상대적으로 월급이 적어
현장직을 선택했다

무조건 돈 벌어
무너진 가정의 경제를 살려야 했다
아래로 동생 2명의 고교와 대학 진학을
돌봐야 했다

집에는 경운기 예초기 티브이 냉장고 밥솥 등

모든 것을 해결했고

사동띠 아들이 부산에서 학교 나와

돈을 그렇게 잘 번다는 파문이

입소문 타고 이웃 마을까지 번졌다

졸업과 이별

입학식도 졸업식도 그 흔한 꽃다발 하나 없던 그날

가슴에 품은 건 졸업장과 앨범

자격증 2개가 전부였다

외로울 때나 슬플 때나 기쁠 때나

늘 머물던 그 자리

우리 교실 4층 계단

먼바다의 풍경이 눈앞에 우뚝 다가섰다

동백섬 에두른 동백꽃은 내 맘 알까

대마도 하늘 끝에 매달린

낮달은 내 눈물을 보았을까

아직도 물러설 줄 모르는 2월의 찬바람이

나를 막아섰다

586세대가 해운대 밤바다를 달구었던 노래

J에게

아름다운 여름날이 멀리 사라졌다 해도

나의 사랑은 아직도 변함없는데~~

홀로 부르는 노래

해운대 백사장 걸으며

비단 모래 위에 남겨둔 이별의 발자국

파도 속으로 흩어지는 희미한 추억들

나 혼자만의 아픔이련가

남은 건

저 푸른 해원을 향하여 홀로 노 저어

갈 뿐이었다

텃밭에 봄동 씨앗을 뿌리고는

노을 따라 산 넘어가시더니

아직까지 아무런 소식이 없다

봄동 겉절이

겨우내 질기디질긴 근성으로
텃밭에 숙명처럼 납작 엎드려 있던 봄동을
어머니는 캐오셨다

몇 가지 되지 않는 양념으로
손 가는 대로 뜯어 무쳐도
새콤달콤 고소한 맛이 있었다
어머니의 손끝에서 우러나는 맛이다

시락국밥 한 그릇 드시고
땔나무를 해 오시던 아버지
봄동 겉절이를 안주 삼아 막걸리 한 사발로
헛헛한 배를 달래며
해종일 쌓인 피로를 씻어 내리셨다

녹록지 않는 시골 살림살이에
봄동처럼 끈기와 인내로 사시며
허연 쌀밥에 소고깃국 먹는

좋은 날이 올 것이라던 아버지

오로지 그 믿음 표지석처럼 가슴에
새기고 살면서 새마을호 열차 타고
서울 구경 한번 가자 하시더니

그해 시월
텃밭에 봄동 씨앗을 뿌리고는
노을 따라 산 넘어가시더니
아직까지 아무런 소식이 없다

유월의 끝자락에 띄우는 여행

집 떠나면 여행이고
집구석을 떠나면 가출이라 했던가
거제 대교를 넘어서는데 흐릿함이
푸른 바다를 감싸고돈다
바람인지 비바람인지 운무인지 해무인지
한 치 앞을 구분할 수 없다
소리 내어 울지 못한 가랑비들이
연화산 앞에 이르자 작달비로 거칠게 운다

월아산 아래 갈전마을에는
길섶 좌판 위에 나신으로 우르르 몰려나온
복숭아 살구 체리들
한입 베어 물자 과즙이 주르륵
단맛 쓴맛 신맛 세상맛까지
속내를 다 드러내 놓고 나에게 주는 것은
유월이 준 넉넉한 인심이다
아직 첫사랑의 인사를 나누지 못한 배는
얼굴을 가린 채 여름을 건너고

헛헛한 뱃속에 삼계탕이 들어서니
청곡사 부처님께서
하늘에 무지갯빛 연등을 걸어두시고
빨리 오라고 하신다

여름 일기 −들녘에 서서

날은 덥고 비는 안 오고
나락 논에 멸구 떼들이 극성이네
나락을 툭툭 터니 멸구가 하얗게 떨어지네
농약은 쳐도 쳐도 끝도 없고
그나저나 농약 값이나 나오겠나

뙤약볕에 멸구에 가뭄에 시달린
아버지의 가슴 팍
한숨 섞인 탄식

곰삭은 열무김치 한 조각에
곰보 주전자 부리를 타고 흐르는
막걸리 한 사발 들이켜시더니

− 아따 그래도 막걸리 맛은 변함이 없네
하늘이 원수여

저 멀리 아버지 말씀 싣고

산 넘어가는 저녁놀의 안색이 안 좋다

내일은 비가 오려나

오늘도 코스모스는 피는데

어머니 떠난 고향의 빈 들녘을

홀로 서서 외로이 바라봅니다

무명수건 둘러쓴 채 순한 양처럼 논두렁 밭두렁

기어다니며 서리태랑 참깨랑 심어놓고

애벌레 잡던 어머니

농사일을 하면서도 시선은

늘 동구 밖을 떠나지 못했습니다

한낮을 지나 그림자가 누울 때 자식들은

어떻게 살아가고 있는지 밤새워

서성거렸을 어머니

쌈짓돈보다도 옷 한 벌보다도

자식들의 전화 목소리 한 통이 더

그립다던 어머니

병상에서 모든 짐 내려놓고

코스모스 하늘거리는 날 떠나셨습니다

어릴 땐 어머니 품에 안기었고

떠나실 땐 내 품에 안기었습니다

노을 옆자리에 고이 모셔두고
지난밤 하늘을 보니
꽃무늬가 새겨진 몸뻬바지
콩을 실어 나르던 유모차
콩과 참깨 타작을 하던 참나무 막대기
하얀 무명수건
하얀 고무신
하얀 머리카락
꼬부랑나무 지팡이가 달빛에 어려 살가웠습니다

오일장

일반성면 오일장은 동부 5개 면에서
장꾼들이 모여들어 꽤 큰 장날이다

엄마와 나는 어제부터 시금치와 열무단을
가지런히 지푸라기로 엮어 당일 새벽에
리어카에 싣고 채소전에서 자리를 펴고
아버지는 오전부터 지서장 면장 조합장과
어느 주막에 앉아 마중물로 시동을 걸어
귀가 시간은 항상 불상이다

채소를 팔다 쭈쭈바 2개를 사서
엄마 하나 나 하나
한참 시간이 흐른 후에
"아들아 야~야 물이 안 나온다"
아뿔싸 수도꼭지를 안 틀어 주었구나
진한 입맞춤에 물이 흥건하다
아따 이제 시원하다 잘 나온다

엄마와 나는 점심시간 넘겨
헛헛한 배 부여잡고 돼지국밥집에 들어서니
토실토실한 살코기 맛은 알토란 열무 맛이고
향긋한 막걸리는 시금치 맛이다

어물전에서 갈치 5마리 고등어 3마리
남산 참기름집에서 참기름 2병 사서
늦은 오후 집으로 오는데

갈치와 고등어는 리어카 안의 모꼬지에서
짝과 키가 다르다며 저들끼리 토라져 누웠고
참기름은 구수한 향기를 토하며
깔깔대고 있었다

어머니 기일에

해마다 제사를 올리면서
부모님이 오붓이 손잡고 오시라고
지방을 함께 올렸으나
올해는 아버지 지방은 빼기로 했다

그 대신 밥과 술잔은 세 그릇을
그대로 올리기로 했다
어머니 아버지
그리고 윗대의 조상분까지 몫이다

시장에서 이것저것 제사상을 보는데
배와 포도는 인물이 고왔으나
사과가 어머니 얼굴처럼 예쁘지가 않다
그래서 다른 가게에서 샀다

붉은 콩고물 없는 하얀 떡만 골랐다
술은 쌀로 빚은 청주를 샀다

오늘의 지휘자는 어머니다

별빛 포차에서 달빛 정원에서

토끼처럼 뛰어노는 아버지를 초대할지는

미지수다

농사일에만 매달렸던 어머니는

오늘 저녁 누구를

어떤 조상을 대동하고 오실지

지휘자의 마음이다

제사를 올린 후 현관문에는

검정 고무신 한 켤레 흰 고무신 한 켤레

그리고 짚신 한 켤레가 나란히 앉아 있다

계절 따라 맛 따라

봄에는 버들개지 찔레순 꺾어먹고

풋마늘 쫑 빼먹고 알싸한

남자 입술에 립스틱을 발라주는

두견 화씨는 봄 처녀다

여름낮에는 원두막에 앉아

산 수박을 팔고

밤에는 꼬마 녀석들 수박서리 단속하고

동네 어르신들 당산나무 아래 앉아

참외 깎아 드시며

나락 익어가는 소리에

굶주린 배는 저절로 불러오고

가을걷이 할 때는

홍시 따서 새참하고

아이 어른 구분 없이 논두렁에 퍼질러 앉아

막걸리 한 잔에

술 힘으로 와롱기를 와롱와롱 밟으며

나락의 알곡들이 논바닥에 흘러

날짐승의 겨우살이 공양으로 남겨둔다

겨울에는 띠포리 멸치가 헤엄을 치는

김칫국 죽 한 그릇 먹고

나무해서 소죽 끓이고

외양간에 큰머슴 저녁 주고

검불 깔아주고 나니

김장김치와 꽁보리밥이

소반 위에 앉아 식구들을 불러 모읍니다

가을 들판의 참새들

시골 빈집 추녀 끝에서 밤을 보내고
아침 이슬을 맞으며 들판으로 출근했다
가을 만찬을 벌이다
배부르면 일제히 파도타기를 즐기며
전깃줄에 걸터앉아

업보인 양
합창을 부르기도 오수를 즐기기도 하였지만
아직 감전사는 세상에
보고된 바 없었다

오후에는 들판의 휘황찬란한
허수아비와 사랑의 시간
눈길을 마주하며 마음까지 들썩들썩
시스루 사이로 여과 없이 드러낸 몸매
분명 아름다운 도시의 여인이었다

저녁에는 각자 흩어져

암흑 같은 추녀 끝에 잠을 청하지만

몇몇은 낮에 본 그녀의 groin*이 아른거려

고된 몸을 바로 눕히지 못하고

모로 누웠다

*groin: 사타구니

겨울 아침

무서리 내린 하얀 텃밭

마지막 홍시 하나 떨어진

감나무 아래서

까치들이 모여 유골을

먼저 수습하기 위해 싸우고 있었다

외포항 물메기탕

외포항 앞 바다가 텀벙텀벙 출렁인다
고기 같지 않다고
생김새가 흉하다고
수중 궁궐로 던져버린 것들

만선의 깃발을 따라오던 날은
주막집 찬모가
피부와 속살이 참 이뻤다고
빈 통발에 갯벌만 흐물거리던 날엔
젖가슴도 물텀벙 같았다고

바다에서 자라 뭍 밥상에 올라야
다음 생은 인간으로 환생한다며
속살이 뽀얀 물메기탕이
밥통을 두드리는 날엔

언 가슴도 흐물흐물 녹아내린다고

미루나무의 추억

햇살 고운 오월 어느 날

울산 태화강변에 가족과

나들이를 하여 미루나무를 보았다

내가 너를 본 적이 언제였던가

머릿속 기억을 거슬러 올라가면

아득히 먼 옛날

밭 언덕배기 또는 논 구석에서

새참을 먹을 때 그늘을 만들어 주었던

소중한 쉼터 역할을 했다

속살이 무르고 성장 속도가 빨라

키와 덩치는 멀대같이 컸지만

바람에 넘어지지 않았고

자연스레 몸을 맡겨

유연하게 그 시련을 이겨내는 방법을

제 스스로 잘 알고 있기 때문이었다

벼랑 끝에서 불어오는 바람을
억지로 막아서거나 이기려 하지 않았고
자연의 순리에 역행하려 하지 않았다

나는 오늘 네 곁에서
네가 일러주는 삶의 소리를 경청하며
우생마사의 지혜를 배운다

4부

단풍, 그 뜨거웠던 안녕

이런저런 얘기나 하면서 보내는 게지

가을이니까

가을이니까 1

푸른 가을 하늘 목화 구름
둥둥 떠다니면
당연히 당신 생각이 나겠지
그러다 매지구름이 휘돌아오면
정겨운 가을비를 타고
여름비에 바래져간 얼굴이
당신 얼굴이
더욱더 선명히 떠오르는 것은
아직도 잊지 못하고
사랑한다는 증거겠지

그때는 아무리 무녀리 같은 사람이라도
사랑의 고백에 대한 시치미는 떼지 않겠지
너랑 나랑 평상에서 홑이불 하나 덮고
반나절이나 또는 한나절도 좋고
목침 베고 누워서
세상살이 애면글면하면서 살지 말자는 둥
가을 단풍놀이나 가자는 둥

이런저런 얘기나 하면서 보내는 게지

가을이니까

가을이니까 2

가을 얘기만 하는 게지
가을이 아니라면 무엇 하러
가을 얘기만 하겠나

가끔씩 툭툭 떨어지는 알밤에
꿀밤 맞은 얘기
도토리 줍다가 날다람쥐와 다툰 얘기
그녀의 플레어스커트가 바람에 나달거리는 모습이
단풍잎처럼 곱다든지
보리수 열매가 하나둘 익어 대롱대롱 매달린 모습이
가을 연등 같다든지

그리고 대웅전 댓돌 위에 흰 고무신
한 켤레 있거든 들어서지 말라든지
철겨운 매미 한 마리가 왜 늦게까지 우는지
사연이 있는지 한번 물어보기도 하고

당신과 나 사이에 작년에 못다 한 얘기도

또 새로 변한 것도

당연히 얘기하는 게지

가을이니까

가을이 오면

가을이 오면 당신의 눈은
오색찬란한 단풍을 바라볼 줄
알아야 합니다
봄부터 가을까지 가슴 설레는 사연을 담아
당신에게 띄우는 연서이기
때문입니다

가을이 오면 당신의 코는
향기를 맡을 줄 알아야 합니다
가을 들꽃이
진한 향수를 바르고
프러포즈를 건네면 겸허히
받아들일 줄 알아야 합니다

가을이 오면 당신의 입은
달콤함을 느낄 줄 알아야 합니다
여름내 뙤약볕에
탐스럽게 담금질한 과일이

입안에서 아삭아삭

단물을 고이게 할 것입니다

가을이 오면 당신의 귀는

항상 열어놓아야 합니다

언제든지 님이 사뿐히

찾아올지 모르기 때문입니다

위양지의 가을

이팝나무꽃 흐드러진

어느 유월

당신 모습 떠올리며

완재정에 다시 앉아봅니다

형형색색의 단풍들이

위양지에 제 그림자 뿌려놓고

내 마음도 살풋 얹어

떠나가는 가을을 잡아보라 합니다

고요한 물살을 가르며

유유자적 노니는

청둥오리 떼는

후후 뜨거운 사랑의 시간입니다

완재정 돌아서니

까만 이팝나무 열매는

그날을 회상하며

눈시울이 붉어집니다

너는 왜 가을을 모를까

누구나 가을의 언덕에 서면
외로움과 쓸쓸함 앞에서 사랑이라는 게
뭔지 배가 고프다

만산홍엽에 흑립 쓴 양반도
패랭이 쓴 평민도 삽사리마저도
취해 호들갑인데

저 푸르고 뻔뻔스러운 나무들 좀 봐
분비나무
종비나무
이 가을의 황홀함을 외면하는구나

사계절
매끈한 제 몸매만
자랑하겠다니
단풍 들지 않겠다니
입던 옷 갈아입지 않겠다니

기상 꿋꿋한 나무야
절개 곧은 나무야

너는 왜 가을을 모를까
너는 왜 사랑을 모를까
이 눈부신 계절을

가을처럼 우리 사랑하자

이 봐요 당신
여름에 엄청난 흙탕물이
개울물이 강으로 흘러가는 걸 보셨나요

이제 추색이 짙어지니
개울물이 맑아져 조약돌이 훤히 들여다보이고
피라미 송사리 떼들이 흥에 겨워
사랑에 빠져 있잖아요

이제 여름내 앙다문 입술
운을 좀 떼 봐요
완연한 가을이잖아요

개울가 언저리 억새꽃도
갈바람에 순해지고 싶어
머리카락이 하얗잖아요

당신 밭에 고추가 더욱 붉어지니

사과가 부끄러워

얼굴이 더욱더 골붉어지나요

당신과 나는 올가을에

마음의 빗장을 풀고 산으로 가요

정중동으로 붉어가는 단풍을 바라보며

우리 사랑을 불태워요

가을은 축제의 계절

귀뚜라미가 가을의 연서를 물고 오면
그때부터 축제의 계절이다
구절초 쑥부쟁이가 웃음보 터트리며
가을 축제장에 당신을 초대한 사실도
가을걷이 하던 아버지가 정지에 가서
막걸리 가져오라 했는데
오는 도중 주둥이와 주둥이를 맞대고
달달한 그 맛에 다 마셔버린 사실도

댓돌 주변을 맴돌던 귀뚜라미가
사랑 찾아 산으로 간 사실도
여름내 인적 끊긴 산사에
목탁소리 염불소리가 요란한 사실도
강가의 철새가 모래톱에 앉아 쉬기도 하고
쌍쌍이 물 위를 거닐며 사랑을 한 사실도
밤하늘 금색 별 무리가 강변길을 따라 걷다가
가을 벤치에 쉬어간 사실도

모두가 다 축제의 계절이기 때문이다

가을 서정

문득

삭연함이 밀려오는 날에는

분주한 일상 다 내려놓고

가을바람 부는 대로

낙엽 흩날리는 대로

어디론가 훌쩍 떠나고 싶다

키다리 나무에 노을이 걸려있는

순천만 가야정원으로 가고 싶다

국화꽃 봉오리 벙글고

살살이꽃 춤추고

순백의 미소로 맞이하는 가을 소녀

샤프란이 있는 그곳으로

저 멀리

옥빛 바닷물에 마음에 찌든

더께를 헹구어 버리고

꼬리 푸른 새가

노을을 등에 업고

둥지 찾아가는

뒷모습을 보고 싶다

그대 오시려나

홍시가 익어가고
낙엽이 우수수 떨어지는
언덕에 홀로 앉아 가을을 삭힌다

철새도 때가 되면 오고 가는데
떠나간 그대는
돌아올 줄 모르네
등골에 소금꽃 핀 환승역 지나
시원한 갈바람이 스멀스멀
몸을 에두르고

여인네의 속치마 같은 억새꽃은
소슬바람에 나부끼는데

낙엽으로 채색된 벤치는
그대를 기다리며
물끄러미 홀로 앉아 있다

그 여인 (민조시)

빠알간

단풍잎을

닮은 그 여인

고운 매였구나

가으내

그 여인을

찾아다니다

화병에 걸린 나

꽃 같은

그 여인이

굳이 간다면

내버려두어라

사랑이 갈급한 단풍

산에는 아직 풀 비린내가 진동하고
들판에는 나락이 고개를 숙였고
나무 이파리들은 이제 가을 채비에 분주한데
벌써부터 곱게 물든 단풍들이
오늘 아침 차량 보닛 위에 앉아
수군거리고 있네

저만치 계절을 앞질러 온 것일까
내게 가을 소식 전하러 온 것일까

엊저녁 반딧불 같은 담배 한 개비와
사랑을 할 땐 너를 보지 못하였으나
아침에 군불을 지피러 나오니
나를 기다리고 있었어

하늘을 보니 여기저기 웅덩이가 고여 있었고
아래로 내려다보니 호숫가였어
바람이 넘나드는 지붕 없는 이곳에서

뜬눈으로 기다렸나 봐

모두가 한꺼번에 노랗고 빨간
색동저고리를 입은 채
와르르 몰려온다면
어쩜 사랑을 뺏길지도 몰라
그래서 지난밤 너를 먼저 선점하고 싶었어

구월을 보내며

구월 그동안 참 고맙고 고생 많았네

혹서의 계절 밀어내고

징검다리 타고 슬그머니 넘어오시더니

땡볕의 무게에 짓눌려 실핏줄까지

엉켜버린 나의 육신 구월의 바람으로

구원하나니 이에

옛 살라비에서 불어오는 선선한

바람을 마시며 커피를 마시며 향수에 젖어보기도

그리움 추억 사랑을 불러오기도

깊은 가을 속으로 빠져들 채비를 하였지만

나는 진작

너에게 아무것 하나도 챙겨준 게 없이

받기만 하였구나

부디 몸 건강히 징검다리 건너가시고

시월엔 많은 꽃들과

알록달록한 단풍잎 가득 물고 오시도록

바통을 넘겨주시옵소서

고마운 구월이여

사랑하는 이여

아디오스

말벌의 애상

건축물의 높이 하중

나뭇가지의 인장강도

바람과 태풍의 속력 방향 각도 등을 고려해

키 큰 나무 꼭대기에 튼실 튼실한

집 한 채 마련해서

아기들 독방 쓰라고 칸칸이 나누어 주고

오순도순 살면서 노후생활 편안히

지내고 있는데

어느 가을날

저승사자의 검은 갓Gat과

복장이 눈앞에 아른거렸다

최대한 버텨보려고

살살용 무기인 독침을 대량 발사하였으나

콘크리트 벽을 허물지 못했다

아니나 다를까

마대 포대자루를 떡 벌리더니

집 한 채를 통째로 털어갔다

아!
나에게 가을이 이렇게 잔혹한 것일까
30℃ 불 항아리 속에서 생을 마감하는
쓸쓸한 가을이여

시월의 마지막 날

독경소리 은은히 들려오는
가을 산사로 가네
계류에 흐르는 물소리 청량하고
그리움은 낙엽처럼 쌓여가네

속절없이 떠나버린 시월의 끝자락
바람 소리
의의하고
처연하네

추녀 끝 풍경
그리움도 아쉬움도
바람 속에 다 풀어 놓으라 하네

나뭇가지 끝을 흔드는
옹졸한 바람이 낙엽을 떨구어도
떠날 때가 되었다는 듯
이리도 여유롭네

낙엽 위에

시 한 수 새겨 놓고

마음 비우고

산사를 내려오니

내 마음 이리도 너그럽네

숲속의 나무 벤치

나는 오랜 시간 고통을 감내하며

누군가를 기다리며 자리를 비워두었는데

깜깜한 밤에 바람이 앉아 숨을 죽이며

달과 별을 기다렸지만

먹구름이 드리우는 날이 많았고

낮에는 햇살이 쉬어갔지만

오래 머물지 못했다

장마가 장시간 할퀴고 갈 땐

가슴에 늑골이 아팠고

태풍은 단 한차례

앉지도 쉬지도 않았지만

나를 뿌리째 흔들어

두개강 골반강 척추강이 통증에 시달려

전신마비를 앓았다

비로소 어느 가을날부터

낙엽이 앉아 회억에 잠기고

연인들이 찾아오고

따뜻한 체온이 느껴지고

사랑이 겹겹이 쌓여갈 때

고독한 상처는 아물고 좋은 기억의

편린들만 추슬러 심장에 봉인을 한다

단풍주丹楓酒

가을 너 그냥 보내주기 싫네

온 산이 불타고 있구나

곧 바람에 실어 보낼 너의 정령들을 붙잡아

술을 담그고 싶네

온몸으로 절규하는 영혼들의 흔들림

바람이 떨구어 주기를 기다리므로 기다렸다가

땅바닥에 시신처럼 나뒹굴 때

바람은 비질을 하고

나는 항아리에 주워 담고 싶네

그리고 키다리 나무 편백 꼭대기에

하얗게 눈 쌓인 겨울까지 발효를 시켜

나 혼자 홀짝홀짝 마시고 싶네

혹여 날다람쥐가 고개 쭉 빼 밀면

철사 올가미로 불침번을 세우고

나는 신선한 혈액을 마시며

너처럼 벌거벗고 그 추운 계곡에

홀로 서 있어도 얼어 죽을 리는 없겠네

가을 벤치

오늘은 비가 오니까
쉬어야지
가끔 쉬는 날도 있어야지
조금만 더 있으면 수확해야 하니까

비단 방석 깔아놓고
여름내 생초 골짜기에서
농사짓는다고 서로 대거리를 하며
물꼬 싸움하던
과부와 홀아비가 찾아오면
어깨도 좀 다독여주고
체온도 데워주고

풍진세상 견디기 힘들어
지친 날개 접어오는 자들이 있으면
내 품 안에서 편히 쉬어갈 수 있도록
미리미리
가을 손님을 맞이할 준비를 해야지

가을 속을 걷다

공기, 바람, 햇볕이

색깔도 변하고

마음도 변하고

촉감도 말랑말랑하다

모든 게 한층 부드러워졌다

산들바람이 뒤태를 살랑거리니

들판의 나락이 춤을 추고

감과 사과의 얼굴이

멋쩍은 듯 붉어진다

까슬까슬한 샛바람에

갈참나무 어깨에 기대어

숨어서 핀 기생초가 빼꼼히 고개 내밀고

뭇 남정네의 목덜미를 감싸고도는 계절

춥지도 덥지도 않은

아!

가을이 좋기는 좋구나

그리고 너의 치맛자락도
샛바람에 너풀너풀 흩날릴 줄 알았기에
오늘 나는 너에게
살며시 손을 건넨다
이 계절이 너무나 짧아서

가을 언저리

길 언저리엔 무궁화 꽃이 색색이
조화롭게 피었다
그 사이로

헬리콥터가 무리 지어
날아다닌다

추락하는 아이들은 없었고
요리조리 빠져 다니며
가을을 데리고 온다고 한창 바쁘다

나보고 등에 한번 업혀 보라고
보챘지만
그냥 안 탔다

비행기 사고라도 만약 난다면
가을이 되려 도망갈까 봐

5부
제행무상의 바람이 머무는 곳

떠나는 것들에 대하여
제행무상의 이치가 그렇다는 데
어찌하랴

제행무상의 이치

여름이 오가고 또
가을이 오면 무성한 잎맥들이
한여름의 일기를 써 내리다
잠시 펜대를 접는다

갈바람이 잎맥을 쓰다듬고
지난 시간의 숨결을 터주면
싱그러운 공기를 받아들이다
단풍이 든다

노란 미소로 웃으며 사랑하다
빨간 미소로 떨면서 그리워하다
한 계절의 차부에 이르면
화려했던 생이 끝나고
벌거벗은 나목은 매서운 바람을 안고
그리움 외로움에서 웅웅거리고

가을 정취에 흥건히 빠져버린 당신도

마음 둘 곳 없어

이리저리 헤매다 가슴 한구석

공허함이 끼어앉고 아쉬움이 쉬이

가시지 않겠지만

떠나는 것들에 대하여

제행무상의 이치가 그렇다는 데

어찌하랴

보살님도 오늘은 시인이다

아내와 차를 타고 절간으로 간다

우마나 우마나 세상에

길거리가 노랗네

너무너무 예쁘네

일주일 전에도

한 달 전에도 못 봤잖어

음~~ 그렇지

근데

올 때마다 다르네

그려 그려 그렇지

꽃들은 단박에 와서 한순간에

사라져 버리는 거야

근데 저어기

키 큰 나무에 보랏빛 비슷한

꽃이 막 피어나는데

저건 무슨 꽃이야

아~ 저건 유월에 자기를 사랑한다는

자귀나무꽃이여

저 꽃도 달포쯤 후에 사라지는 꽃이여

아~하 그렇나 그런 꽃도 있나

음~ 그렇지

저 꽃이 사라지면 이제 내 사랑

배롱꽃이 피는 거지 ^^

ㅎㅎㅎㅎ 그렇구나

오늘은 보살님도 시인이 되었다

청곡사 가는 길

청학이 날아와 앉은

명당자리라고 해서 청곡사라 부른다

절 입구에는 작은 연못의 물오리들

녹음을 덮고 하얀거 중이다

연초록 잎새들의 짙푸름 사이로

타박타박 절을 오른다

부처님은 반겨주실까

자비로운 얼굴에 풍만한 가슴으로

긴 여정 그리다 삶에 지친 나를

보듬어 안아 주실까

삼배 올리고 나니 부처님의 미소가 자비롭다

절간을 나서니 오늘따라

월아산 계곡 날다람쥐도 선업을 쌓겠다고

꼬리만 살랑살랑

다가서면 달음박질

숨바꼭질도 선업이라 한다

산자락 휘감고 불어오는

키 작은 조릿대의 합창소리 들으며

한참을 걸어 내려오니

노을이 구름 속을 걷고 있다

미래사 가는 길

꼬불꼬불 미륵산 정상을 오른다

남해바다 파도가 키운 해무와

편백 숲에서 불어낸 운무가

보시라도 하는 듯 물안개 자욱하다

산 중턱 날다람쥐는

몇백 년 묵은 편백나무 오르락내리락

나이테의 개수를 헤아리며

참선을 쌓는 중이다

일주문 들어서며 반배하고

부처님께 삼배하고

부도전 명부전 조사전에도

합장을 올린다

대웅전 처마 끝 청아한 풍경소리에

연못의 거북이들 바위 위에

가부좌 자세로 앉아 하안거 채비를 하고

나는 자항선원에 앉아 있다

산사를 휘감는 편백향
허리 굽은 능선을 에두른 운무는
하얀 목도리 벗어
열반의 손을 내민다

바람이고 싶다

억새꽃

한줄기 바람이고 싶다
그물에도 걸리지 않고
빼곡한 빌딩
높은 산
그 어느 곳도
전혀 장애물이 될 수 없는
자유로운 바람이고 싶다

들판에도
바위산 계곡에도
이름 모를 꽃잎에 홀연히
입맞춤하고
기억 속에 오래 붙잡고 싶은
바람이고 싶다

바람을 기다리는
바람개비
억새꽃

민들레에게도

살며시 다가서 몸 흔들어 주는

바람이고 싶다

화포천의 새벽 산책길

두물머리 강가에

잉어 떼 뜀박질하는 미명의 새벽

무채색의 안개 사이로

호랑지빠귀

구애의 세레나데 노랫소리에

어둠이 비틀거리며 해오름을 맞이할 때

자맥질하는 재두루미 한가롭네

많은 세월 하늘 우러러보며

달빛 젖은 수양버들

제 그림자 가람에 드리우고

오백 년을 살까 천 년을 살까 꿈꾸네

세상을 살아가는 방정식

더덕을 보고 도라지라 하고

도라지를 보고

산삼이라 하면 어떻노

산야에 흐드러진 들국화를

잡초라 하고

연못에 핀 연꽃을

물풀이라 하면 어떻노

바위틈에 낀

이끼를 거북손이라 하고

칡넝쿨을 담쟁이넝쿨이라 하면 어떻노

팍팍한 세상을 살아가면서

조금은 배려심 있게

조금은 느긋하게

조금은 여유롭게 해야지

추봉도에서의 하룻밤

세월 저편에 묻힌

가슴 멍든 상처들이 많아서

짠 바닷물에 흔들어 헹구고 싶은 날

현민호는 남해바다 옥빛 물살을 가르며

통영시 한산면 추봉리 221번지

가두리 양식장으로 간다

차가운 물속 아이들

한여름 뙤약볕 아래

고등어 전갱이 빨아서 밥 한 끼 준 것이

인연이 되어

된바람 살 속 후벼 파는 겨울 지나

봄까지 나를 기다리고 있었다

양 선장은 날선 바닷바람을 타고

가마우지 쫓느라 허리가 새우등이다

노을 꼬리가 한산섬을 넘을 쯤

소주와 생선회가

탁자 위에 가부좌 자세로 앉는다

한산섬 수루 하늘에 별꽃 따서

술잔에 띄워 마시니

너는 허리 펴지고

나는 상처 난 가슴이 아문다

우정에 꽃이 핀다

세월은 나이를 셈하지 않는다

하지만 우리는 나이를 셈하고

졸업 기수를 셈한다

눈 깜작할 새 40년이 사라졌다

스무 살도 안 된

앳된 비린내 나는 나이에

저 넓고 넓은 세상이라는 바다로 나가

초로의 나이에 모교로 회귀하여

우리는 또다시 하나로 뭉쳤다

잡을 수도 역류할 수도 없는 시간은

이미 흘러버렸고

흑백필름 속에 묵힌

추억들을 재생하니

아픔과 기쁨이 와르르 쏟아지나

오늘만큼은 아픔은 오간데 없고

기쁨만이 남았다

우리는 오늘

또 하나의 값진 우정을 만들고

사진을 만들고

정겨운 얘기들을 만들어

그것들을 모아 모아서

추억의 앨범 속에 고이 접어 간직한다

* 고등학교 졸업 제40주년 기념 거제 소노캄에서

사객의 밤

하얀 포말이 보이는

남해 미조항 촌놈 횟집에는

내노라하는 전국 팔도의 사객들이

터를 잡는다

장미화관을 쓴 채

식탁 위를 수놓는 활어회

예술의 꽃송이로다

생선회 맛은 명품이로다

파닥거리는 싱싱함을 초장에 찍어

목젖을 타고 빨려 드는

식감이 감미롭다

먹어보지 못한 자 어찌 이 맛을 알겠는가

부딪히는 술잔 속에

피어나는 이야기꽃

먼 길 마다않고 달려온 사객들

한데 어우러져 또 하나의 굵은

역사의 나이테를 남긴다

어머니 품속 같은 미조항의 밤바다

하룻밤 쉬어갈 작은 문학관에

몸을 눕힌다

금순아 보고 싶다

봄 여름 가을 지나

황량한 들녘의 고추바람이

도시의 밤을 흔들고

이정표 없는 거리

늘어선 포장마차

허기진 백열등은

김이 모락모락 피어오르는

오뎅 국물로 배를 채운 채

눈만 껌뻑거린다

눈보라 휘날리는 날

내 마음 심지에 불 붙여놓고

떠나버린 굳센 금순아

보고 싶은 금순아

언제 오려나

까막까막 무소식이다

너랑 나랑 둥그런 간이의자에 앉아

마셔야 할 탁배기 한 사발이

그리운 겨울은 오는데

금순아 보고 싶다

여름휴가 길

바닷가에 살면서

바람 소리 파도 소리 실컷 듣다가

무작정 뭍으로 뭍으로 갑니다

오라는 이도

가라는 이도

없지만

설레는 마음으로 인생휴게소 찾아

콧바람 여행 한번쯤 쐬다 보면

사바를 안아줄 자비를

만나게 될 것입니다

섬진강변 울창한 소나무들이

풀어놓은 바람은

길손을 붙잡고 쉬어가라 하고

산사의 배롱꽃은

매끄러운 수피에 콩닥거리는 가슴

수줍은 미소로 맞이해주니

오늘 저녁은 자비의 이불을 덮고 잡니다

너희들은 알까

고성의 뉘 뉘 돼지국밥 식당
뒤란에는
두어 평 남짓한 텃밭에
쑥갓 상추 부추 완두콩
네 가족이
오손도손 살아가고 있었지만

층간 소음도 영역 다툼도
분쟁도 없었다

가끔 한 번씩 완두콩 넝쿨이
쑥갓 상추 부추에 봄의 햇살을 가려
시비를 걸어도
아무도 꺼리지 않았다
오히려 반색이 짙었다
같은 동네의 이웃이라고

너희들은 알까

진흙탕에서 유영을 하는

저 더러운 인간들을

하얀 그리움

이팝나무 아래 서서
환하게 웃는 쌀알 같은
꽃숭어리를 치어다 봅니다

지나버린 그대와의 기억들이
사랑의 흔적들이 알알이 꽃잎으로 영글어
봉인된 내 가슴을 여는 것은
이팝나무에 서린 추억 때문입니다

아름답기만 했던 소중하기만 했던
환한 웃음들이 가지마다 매달려
쌀알 같은 꽃숭어리가 축복처럼
쏟아져 내리는 그날이었습니다

지난날의 고왔던
하얀 기억들을
회귀할 수 없다 하여도

그대는 수채화 같은 그날을 떠올리며

아마 그 어디쯤에서

이팝나무꽃을 치어다보며

나를 향한 하얀 그리움에 젖어있을 것입니다

행복한 삶 아름다운 인생

나 꽃피던 시절부터 참 행복했었지요

단물이 꽉꽉 들었다고 벌 나비 떼 찾아와

문안 인사도 하고 사랑도 많이 받았고요

초여름 장마철 틈 사이로

드문드문 햇살을 불러와 탐스런 열매 맺고

어린 나이에 수줍음도 가시지 않아

파란 이파리로 얼굴을 가려 놓았더니

그때부터 많은 사람들이 수런거렸어요

나를 반찬 해 먹을 거라고 뚝

갈치국에 넣을 거라고 뚝

부침개 할 거라고 뚝

수많은 사랑을 독차지해오다

이제 나이가 드니

숨길 것도 감출 것도 수줍음도 없고

그냥 홀가분하게 흐르는 시간의 흐름에

맡겨 두었더니

저녁마다 산등성 넘어가는 노을이
내 엉덩이에 붓질을 해 주었어요

황금빛 엉덩이 드러내 놓고
퍼질러 앉아 있으니 기분은 좋다마는
싸늘한 갈바람 불기 전에
심장까지 파고들기 전에
나를 거두어 주세요

따스한 온기가 있는 곳으로요
노후의 삶이 외롭고 쓸쓸하지 않게
말이에요

그놈 때문에

사랑스러운 그놈들이 등굣길이든 하굣길이든

밭둑에 서서 매일 오라고 유혹하는데

차마 뿌리치지 못하고

책가방 풀밭에 던져놓은 채

시커멓고 탐스러운 그놈의 유혹에 못 이겨

낮은 포복으로 살금살금 기어갔다

올려다보니 노란 놈 빨간 놈 시커먼 놈들이

각자의 눈빛으로 내려다보고 있었고

낭창낭창한 허리를 붙잡아 마구 흔들었더니

후드득 하고 땅에 떨어지는데

거무튀튀한 얼굴이 이렇게 달콤할 줄이야

우듬지를 쳐다보니 햇볕에 달구어

탱글탱글하게 더 구운 놈들이 떨어지지 않고

딱 버티고 있네

몸을 잡고 팔을 헤집고 올라서는데

교복 바짓가랑이가 쫙 찢어졌지

어느새 저녁 노을이 각도를 바꾸고

땅거미가 내리는 시간

동네 어귀를 들어서니 굴뚝마다 하얀 연기

아버지는 "이눔아 소죽도 끓여야 하고

외양간도 쳐야 하는데" 하면서

마당 빗자루가 불을 켜고 달려들어

방으로 피신했는데

어머니의 손길은 분주했고

온 방에 똥 칠갑

구석에 웅크리고 앉아 있는데

가슴 한편에 슬픔과 서러움이 복받쳤다

와중에 누에들이 깔깔대며

"저놈이 풋내기까지 과식을 했구먼"

평생 겪어야 할 희로애락을 오늘 하루에

다 삼켰다

교실이 을씨년스러웠다

1학년 여름방학을 마치고 오니
학우들이 5명 사라졌다
중학교 때 전교 석차가 1, 2위권을 다투던 학우들
중간고사 성적표를 받아들고
30위 이하로 나뒹굴어졌다

적성이 안 맞다고 성적이 안 좋다고
일찌감치 봇짐을 챙겨 인문계 버스를 탔다
겨울 방학이 끝나고 또다시 2명이 사라졌다
60명 중에 최종 생존자는 53명이다
교실이 을씨년스러웠다

2학년 새봄 새 학기 봄바람이 불고
옆 교실에서 꾀꼬리 노랫소리가 들렸다
갓 사범대를 졸업한 출중한 미모
노래 솜씨를 갖춘 아가씨 수학 선생님이었다
우리는 국어 시간에 우르르 몰려나가
넋을 잃었다

갈매기들의 향연

바다의 수면이 구름에 닿아 보이는

먼 곳으로부터

어선들이 지세포 항구로 들어오면

반기는 것은 사람이 아니라 갈매기였다

물이랑 위에서 이렁성 저렁성

시소놀이를 즐기던 갈매기 떼들은

수중청음기 같은 전파에 귀문을 열고

채 항구에 정박하기 전에

어선을 에두른다

피날레를 장식하는 빅 이벤트의

춤사위를 벌이며

뱃전에 쟁여둔 생선 몇 마리

부리나케 낚아채고는

오늘 밤 향연의 밤이 이어진다

두 갈래 길

등교를 하여 4층 교실에 앉으니
오늘따라 중학교 시절
산당화 피는 고향이 그립다

오롯이 자격증 하나에 몰두했던
그 시간들
부모님에 대한 그리움도
가족에 대한 애잔함도
잠시 잊고 살았던 시간들

해운대의 상큼한 바닷바람은
곡선 없는 수직으로 불어오고
물리 과목을 담당하는 담임 선생님은
까치발로 사뿐사뿐
교실에 들어서더니
합격자를 추켜 세우고
축하의 박수갈채를 보냈다

그동안 실기시험 점수 순위로

88명이 응시하여 합격률 86.3%인

76명이 합격했다

진학과 취업

두 갈래 길에 서서

토론의 아침 조회시간이 길어졌다

기숙사의 기밀

기숙사 내에서 주말이나 공휴일에는

낮잠을 자지 마시오

명령어가 적힌 종잇장이 출입문에서

불침번을 서고 있었다

연일 시달리는 실습에 공부에

꽃잠 자는 학우들을

누군가가 기둥 사이로 가시덤불을 헤치고

고무줄로 탱자를 따서

햇볕이 따사로운 침대 난간에

널어 말리고 있다는 괴상한 후문이 나돌았다

탱자를 꼬들꼬들 말린 학우들이

한두 명이 아니었다 하니

그 후 서로가 서로를 의혹의 눈빛으로

낮잠을 잘 수 없었다

공소시효는 소멸되었고

증거도 범인도 찾지 못했다

단지 그 푸릇푸릇한 탱자가

노을 같은 오렌지빛으로

잘 영글기를 바랄 뿐이었다

친구가 그리운 날

친구야 작년엔

여름이 가을에 바통을 넘겨주기 전에

무더운 저녁 금빛 낙조 따라 고성으로 가고

올해는 슬그머니 가을이 자리를 잡는

구월 초순 통영 북신동 항구의 불빛 따라 가네

가을의 길목에 서면 시원한 바람 속에

은근히 그리움의 바람이 묻어오지

친구들이 보고 싶은 초로의 바람

그럴 땐 늘 함께 어울려 대포 한 잔

하고 싶은 생각이 간절하지

눈 깜짝할 새 노을이 산을 넘듯

벌써 우리는 가을의 나이

이면에 숨겨진 기쁨도 슬픔도 아픔도

감출게 뭐 있는가

막 썰어 횟집 들마루에 걸터앉아

삶의 비망록을 낱낱이 풀어놓고

밤이 이슥토록 얘기하면서 술잔을 비우자

우리는 가끔 세월이 머무는 길목을 찾아
삶의 여백을 만들자
술잔에 담아 채울 건 채우고 비울 건 비우면서
그렇게 살아가는 것도 소중한 일이지
친구들아 인연의 끈 사랑의 끈 놓지 말고
오래도록 붙들자

사랑은 봄비를 타고

백구야
봄비 온다고 날뛰지 마라
내 마음 시큰둥하다
봄비 마시고 싹트는 새순이
보이지 않느냐
곧 두견화도 필 거야

백구야
나를 창가에 우두커니 앉히지 마라
봄비에 묽어져 흐릿해져 버린
그대 얼굴 떠오를라
행여나 커피 한 잔에
옛사랑을 그리면
그리움이 우리님 심장까지 뻗쳐
흐물흐물
녹아내리거들랑

백구야

님 마중 나가거라

먼 길 돌아오지 마시고

봄 오는 길로 사뿐히

걸어오라 하시라

밤꽃 향기에 피어난 사랑

유월의 여인네여

살랑살랑 불어오는 실바람에

밤꽃 향기에 취했는가

아카시아 향기보다 진하다며

가슴이 벌렁거렸는가

유월의 남정네여

비릿한 내음에 취했는가

어머니의 젖살 내음처럼 포근하던가

긴긴 장마에 씻기는 밤꽃

여름의 땡볕에 익어가는 밤송이

선선한 가을이 오면

꿀맛 같은 밤꿀이 찾아올 것이네

푸릇푸릇한 가시 박힌 갑옷

함부로 벗기면 아니되네

서둘러서도 아니되네

나뭇가지에 매달린 모든 열매가

겉낯의 피부가 다르고
생각이 다르고
생김새가 다르듯

스스로 노릇노릇한 갑옷을 벗고
사랑의 열매를 내어줄 때까지
기다려야 하네
하얀 속살 드러내며
당신을 위해 무장해제 하는 그날까지

봄을 시식하다

아내가 시장 봐 오라고

쪽지에 적어 주었다

돌나물 해쑥 햇머위 쪽파

오징어 2마리 국산콩 두부 한 모를 샀다

덤으로 저녁에 밥 반주로 밀치와 쥐치를 섞어

합성수지 그릇에 썰어왔다

돌나물에 돈 냄새가 나고

쑥국에는 쑥국새가 울고

머위는 간의 독소를 배출한다

쪽파와 오징어는 전을 부쳤는데 찰떡궁합이다

보약 같은 봄나물

오랜만에 모래알 씹던 밥맛이 돌아오고

수저가 바삐 움직인다

뱃속에 봄이 가득 차

청량한 소주 몇 상자를 마셔도

오늘 저녁엔 속상할 일은 없겠다

커피의 유혹

주말에도 눈을 뜨면 무언가 허전함이

엄습해 오는 아침이다

그녀를 하루라도 만나지 않으면

온몸에 두드러기가 날 것 같은

어쩌면 그보다 더한 대상포진이

세포들을 점령할 것 같다

화장기 없는 시커먼 얼굴로

사랑이라는 이름표를 항상 달고 다니는 그녀

아침 9시가 되면 우리 집 앞

카페에서 불러내는데

만나자마자

흐리멍덩한 눈동자는 금세 맑은 눈동자로 되돌아왔다

나의 입술을 덧대어 키스를 할라치면

하얀 연기가 모락모락 허공을 가른다

신기루 같은 그녀가 오후에 또다시 유혹하여

살그머니 다가가 향기에 취했더니

오늘 밤새도록

좌로 누우니 별이 번쩍

우로 누우니 달이 번쩍

경남수목원에서

고향 가는 길 수목원

그곳을 갈 때마다 메타세쿼이아는

줄지어 서서 천진한 바람에 손 흔들고 있다

세월의 이끼 속에 숨어버린 그 추억의 길

설경설경 거리며 들어서는 마음은

메타세쿼이아 껍질만큼 붉어진다

먼지 풀풀 날리던 신작로 길

봄이면 손수레에 두엄을 내고

가을이면 볏단을 실어 너덜겅 위를

수없이 걸었던 추억의 길

지금은 넓은 공원이 되었고

가족 연인들과의 사랑 나들이

가을 햇살에 무럭무럭 익어가고

산 정상 화석원

핑크 뮬리의 붉은 유혹은

나를 추억의 향수 속으로 밀어 넣는다

아내의 수작

아내는 백두대간을 오르내리는 건달바
평상시에는 톤이 알레그로로 달리다
쉬는 날이면 왠지 부드러운 어조로
안단테로 낮춘다
자기 씨 청곡사 입구에 자두가 익을 때 됐는데
은근슬쩍 한마디 툭 던진다

고현시장통 발바리인 내가
어디 자두 익는 철 모르겠는가
마음밭 다치지 않게 조심조심
아~ 벌써 그런가
그럼 가야지
준비하게나

7월이 채 오기도 전에
지리산 대원사 언덕배기에 배롱꽃
참 예쁘게 피었다던데… 말끝 흐리며
꽃그늘 아래서 시도 쓰고 해야지요

음~ 그래야지

준비하게나

이래 속고 저래 속고

아내의 수작은 해가 갈수록 고단수다

봄을 기다리는 마음

입춘이라고 설레는 마음 안고
지세포 굽은 해안길 따라
봄 마중 나갔더니
매서운 바람이 무단시 귀싸대기를 때려
눈물이 동공을 타고 흐른다

지세포 방파제
한평생 등불 켜고 항구를 지키는
든든한 남자 같은 등대

성난 회오리 파도가 삼켜버릴 듯
기세등등하고
언덕을 바람막이로 기대어 선
동백꽃은 고추바람에 할퀴어
선혈이 흥건하다

쪽심도 저편에서 걸어오는 새봄은
더디기만 하고

새봄을 기다리는 내 마음은 바쁘기만 하다

그대 선 이 자리

적보산 산자락에 모였던
청춘들이여
강산이 세 번이나 변한 후에
황산 기슭에 또다시 터를 잡았습니다

나목이 거목 될 거라고
조국의 기둥과 서까래가 될 거라고
부푼 꿈을 꾸었지만
이루지 못했습니다

하지만 아쉬워하지 않겠습니다
때로는 매운바람에 밀려오는
수많은 애환의 그림자들이
가슴에 파장을 일으켰지만

그때마다 초연히
그대들의 끈끈한 실타래 같은
동료애가 있었기에

오늘 또다시 황산 기슭에 설 수 있었습니다

나는 이제 거목보다는
모진 풍상을 견뎌내고 해마다
꽃숭어리 벙그는
한 그루의 벚나무가 되어

그대들에게
청빈한 조국의 기둥이 되라고
서까래가 되라고
손 흔들고 싶습니다

오월이 오면

한 뼘 한 뼘씩 봄이 멀어져 가면

엊그제 핀 벚꽃의 추억도 잊히리라

어둠을 깔고 앉아 귀 기울이면

초록 잎새들의 키 크는 소리

오월의 열정을 토하는 장미꽃이 담장 위에

화관을 올릴쯤이면

월세방 신세지던 파랑새도

탁란의 둥지 찾아 길 떠나던

뻐꾸기 근심도 사라지리라

은사시나무 그늘 아래 산비둘기

모이 찾아 까치발로 총 총 총

산죽 서걱거리는 우듬지에

휘파람새 즐겁게 노래 부르고

챙 넓은 모자를 쓴 길손들은

산야에 흐드러진 데이지 꽃 손짓하는 그곳에서

하얀 추억의 낙관을 가슴에 새기며

또다시 오월을 맞이하리라

해설

따뜻한 향수와 인정, 그리고 자연관조의 서정

공 광 규 시인

따뜻한 향수와 인정, 그리고 자연관조의 서정

공 광 규 시인

1.

2021년 등단하고 첫 시집을 내는 하강섭 시인은 현직 경찰관이다. 낮에는 민생을 돌보고 밤에는 시를 쓰는 '제복 입은 시인'이다. 한국에는 의사와 법조인, 군인 출신의 문인처럼 현직 시절 등단하거나 퇴직 후 본격적으로 작품 활동을 이어가는 경찰 문인들도 다수가 된다. 하강섭은 현직에 있으면서 등단하고 시를 쓰는 시인이다.

경찰대 문학동아리가 1983년 창설 이후 200여 명의 문학경찰을 배출한 것으로 알려지고 있고, 전직 경찰 출신들이 모인 한국경찰문학회가 결성되어 있어 제복 안에 숨겨진 문학적 영감을 공유하고 있다. 외국의 경우 산불감시원이나 우체부 등 공공직업을 가지고 시를 쓴 유명한 시인들이 있다.

하강섭은 20대 때 시인의 꿈을 꾸었고 60에 이르러 이번에 첫 시집 『보살님도 오늘은 시인이다』를 출간하게 되었다. 이번 시집 속에 있는, 시인이 19살인 고3 여름에 해운대해수욕장에서 썼다는 시 「눈물꽃」를 보면 상당한 시적 재능을 타고난 것으로 보인다. 바닷가에서 느끼는 청춘의 감상을 시적 문장과 형식으로 거의 완전하게 진술하고 있다.

2.

대개의 시인들이 첫 시집에 고향과 유년을 제재로 한 시들을 상당수 보인다. 하강섭 역시 마찬가지다. 이를테면 「겨울 아침」을 비롯해 「계절 따라 맛 따라」 「봄동 겉절이」 「가을은 축제의 계절」 「여름일기 -들녘에 서서」 「오일장」 「고향 가는 길」 「오늘도 코스모스는 피는데」 「경남수목원에서」 등 상당수다.

시인들이 고향과 유년 시절을 주제로 시를 많이 쓰는 이유가 뭘까. 아마 그것이 인간의 정서적 근원이자, 시적 영감의 원천이며, 결핍된 현재를 치유하는 공간이기 때문일 것이다. 고향이나 유년은 정서적 피난처와 향수(Nostalgia)다. 동시에 고향과 유년은 타지에 살건 고향에 살 건 과거라는 측면에서 영원한 그리움의 대상이다.

특히 시인의 고향은 자신이 태어나 성장한 곳으로, 누구에게나 아련한 추억과 함께 정서적 안식처가 되어준다. 또 고향과 유년 시절은 순수함에 대한 동경이다. 고향은 도시화와 문명 속에서 상처받은 시인을 포함한 현대인에게 순수하고 천진난만했던 시간으로 기억되며, 이를 통해 위안을 얻는다.

<blockquote>
무서리 내린 하얀 텃밭

마지막 홍시 하나 떨어진

감나무 아래서

까치들이 모여 유골을

먼저 수습하기 위해 싸우고 있었다

– 「겨울 아침」 전문
</blockquote>

시집의 첫 시인 「겨울 아침」은 시골 겨울 아침 풍경을 간명한 진술로 압축하고 있다. 현재 고향 진주 인근인 거제에서 생업을 하며 거주하는 시인은 유년의 겨울 감나무와 하나 남은 까치밥을 두고 다투는 까치의 풍경을 묘사하고 있다. 유년에 고향에서 경험한 이 까치의 다툼을 통해 독자들은 밥을 두고 다투는 우리 인

간의 속성을 은유한다는 것을 눈치챌 수 있을 것이다.

시 「가을 언저리」는 고향과 유년의 경험 확장이다. 잠자리를 "헬리콥터가 무리지어/ 날아다닌다"는 상상이 아이스럽다. 성인의 시점에서 쓴 이 시는 "추락하는 아이들은 없었고/ 요리조리 빠져 다니며/ 가을을 데리고 온다고 한창 바쁘다"는 상상력, 잠자리가 그럴 리 없지만 "나보고 등에 한번 업혀 보라고 보챘지만/ 그냥 안 탔다"는 능청, "비행기 사고라도 만약 난다면/ 가을이 되려 도망갈까 봐"라는 맺음이 즐거움을 준다.

겨우내 질기디 질긴 근성으로

텃밭에 숙명처럼 납작 엎드려 있던 봄동을

어머니는 캐오셨다

몇 가지 되지 않는 양념으로

손 가는 대로 뜯어 무쳐도

새콤달콤 고소한 맛이 있었다

어머니의 손끝에서 우러나는 맛이다

시락국밥 한 그릇 드시고

땔나무를 해 오시던 아버지

봄동 겉절이를 안주 삼아 막걸리 한 사발로

헛헛한 배를 달래며

해종일 쌓인 피로를 씻어 내리셨다

녹록지 않는 시골 살림살이에

봄동처럼 끈기와 인내로 사시며

허연 쌀밥에 소고깃국 먹는

좋은 날이 올 것이라던 아버지

오로지 그 믿음 표지석처럼 가슴에

새기고 살면서 새마을호 열차 타고

서울 구경 한번 가자 하시더니

그해 시월

텃밭에 봄동 씨앗을 뿌리고는

노을 따라 산 넘어가시더니

아직까지 아무런 소식이 없다

- 「봄동 겉절이」 전문

어머니에 대한 기억은 유년부터 형성된 음식에 대
한 미각으로 남는다. 어린 시절 어머니가 해주신 음

식 냄새나 맛을 통해 과거의 기억이 생생하게 살아
나는 현상을 심리학에서는 '프루스트 현상(Proust
Phenomenon)'이라고 한다. 이는 후각과 미각 정보가 기
억과 감정을 조절하는 뇌의 해마 및 편도체와 밀접하
게 연결되어 있어 나타나는 반응이다.

특히 음식과 관련된 기억은 당시의 행복했던 감정
이나 유대감과 결합하여 성인이 된 후에도 강렬한 정
서적 회상을 불러일으킨다. 시집에서 하강섭이 특별히
기억에 남는 엄마의 음식은 봄동 겉절이다. 유년과 청
소년기에 어머니와 강렬하게 연관된 음식이 봄동 겉절
이라면 아버지와 연관된 음식은 역시 막걸리다.

> 곰삭은 열무김치 한 조각에
> 곰보 주전자 부리를 타고 흐르는
> 막걸리 한 사발 들이켜시더니
>
> - 아따 그래도 막걸리 맛은 변함이 없네
> 하늘이 원수여
>
> — 「여름일기 -들녘에 서서」

이처럼 막걸리는 농경시대 농민들이 농번기나 농

한기에 휴식이나 친교 시간에 즐겨 마시는 대표적 주류다. 시인은 "막걸이 한 잔에/ 술 힘으로 와룡기를 와룡와룡 밟"(「계절 따라 맛 따라」)던 기억, "가을걷이 하던 아버지가 정지에 가서/ 막걸리 가져오라 했는데"(「가을은 축제의 계절」)라며 심부름 도중에 마셨던 기억을 시로 표현하고 있다. 이처럼 유년기 고향에서 아버지를 통해 경험한 막걸리가 있는 농경사회 분위기는 성장해서도 잊을 수 없는 추억이 된다.

3.

하강섭의 시집에는 유년과 성장기에 친밀감을 같이 했던 부모님, 출가하고 난 뒤에 아내와 아들 등을 제재로 쓴 시들이 여러 편 있다. 이를테면 부모가 인물로 등장하는 「오일장」 「여름일기 −들녘에 서서」 「가을은 축제의 계절」 「봄동 겉절이」 「어머니 기일에」 등 상당수의 시들이 있다.

아내가 인물로 등장하는 「봄을 사색하다」 「아내의 수작」 「보살님도 오늘은 시인이다」와 아들이 인물로 등장하는 「겨울에 핀 꽃 한 송이」가 눈에 띈다. 시인들이 가족을 시의 제재로 많이 활용하는 이유는 가족이 인간의 삶에서 가장 기초적이고 본질적인 감정을 공유하는 대상이자, 보편적인 공감대를 형성할 수 있는 원천이기 때문일 것이다.

가족 제재의 시는 독자에게 보편적 공감대와 정서적 친밀감을 제공한다. 가족은 누구나 가지고 있는 기본적인 관계이기 때문에, 시인이 가족 이야기를 할 때 독자들이 쉽게 감정 이입을 할 수 있다. 사랑, 그리움, 미안함, 슬픔 등 가족 간의 복잡한 감정은 시의 주제를 효과적으로 전달하는 데 매우 강력한 힘을 발휘한다.

또 가족은 원초적 결핍과 상처를 치유하는 주체가 될 수도 있다. 시인은 종종 내면의 결핍과 소외를 시로 표현하는데, 가족은 이러한 상처가 만들어지는 장소이자 치유되는 공간이다. 어린 시절의 기억, 부모와의 관계, 결혼 후 아내나 자식과 관계 등에서 오는 근원적인 이야기를 다룸으로써 시인 자신과 독자의 상처를 회복하고자 한다.

엄마와 나는 어제부터 시금치와 열무단을

가지런히 지푸라기로 엮어 당일 새벽에

리어카에 싣고 채소전에서 자리를 펴고

아버지는 오전부터 지서장 면장 조합장과

어느 주막에 앉아 마중물로 시동을 걸어

귀가 시간은 항상 불상이다

- 「오일장」부분

시인이 엄마와 아버지와 함께 했던 고향의 오일장 경험을 진술하고 있다. 이 짧은 연 안에 화자와 부모의 성격이 적실하게 드러낸다. 화자가 엄마와 시금치와 열무단을 엮고 쭈쭈바를 사서 먹는 표현이나 돼지국밥 집에서 밥 먹는 풍경, 생선과 참기름을 사서 돌아올 때 일어난 "갈치와 고등어는 리어카 안의 모꼬지에서/ 짝과 키가 다르다며 저들끼리 토라져 누웠고/ 참기름은 구수한 향기를 토하며/ 깔깔대고 있었다"는 등 사건 묘사가 재미있다.

특히 하강섭은 어머니에 대한 기억을 애틋하게 진술한다. "무명수건 둘러쓴 채/ 순한 양처럼 논두렁 밭두렁 기어다니며/ 서리태랑 참깨랑 심어놓고/ 애벌레 잡던 어머니/ 농사일을 하면서도/ 시선은 늘 동구 밖을 떠나지 못했습니다"라고 한다. 시인은 가족 가운데 가장 친숙했던 아버지나 어머니와의 기억을 통해 인간의 근원적 사랑과 존재의 조건, 인생의 의미를 사유하고 묘사한다.

아내와 차를 타고 절깐으로 간다

우마나 우마나 세상에

길거리가 노랗네

너무너무 예쁘네

일주일 전에도

한 달 전에도 못 봤잖어

음~~ 그렇지

근데

올 때마다 다르네

그려 그려 그렇지

꽃들은 단박에 와서 한순간에

사라져 버리는 거야

근데 저어기

키 큰 나무에 보랏빛 비슷한

꽃이 막 피어나는데

저건 무슨 꽃이야

아~ 저건 유월에 자기를 사랑한다는

자귀나무꽃이여

저 꽃도 달포쯤 후에 사라지는 꽃이여

아~하 그렇나 그런 꽃도 있나

음~ 그렇지

저 꽃이 사라지면 이제 내 사랑

배롱꽃이 피는 거지 ^^

ㅎㅎㅎㅎ 그렇구나

오늘은 보살님도 시인이 되었다

     - 「보살님도 오늘은 시인이다」 부분

아내는 백두대간을 오르내리는 건달바

평상시에는 톤이 알레그로로 달리다

쉬는 날이면 왠지 부드러운 어조로

안단테로 낮춘다

자기 씨 청곡사 입구에 자두가 익을 때 됐는데

은근슬쩍 한마디 툭 던진다

(중략)

음~ 그래야지

준비하게나

이래 속고 저래 속고

아내의 수작은 해가 갈수록 고단수다

      - 「아내의 수작」 전문

표제시 「보살님도 오늘은 시인이다」와 시 「아내의 수작」은 화자가 아내와 외출을 하면서 일어나는 일화를 대화어법으로 유머러스하게 진술한 시다. 「봄을 시식하다」도 아내의 심부름을 화자가 자연스럽게 받아들이면서 엮어가는 데 화법이 재미있다. 하강섭의 가족 제재 시는 사소한 일상을 다룬다. 동시에 작은 일상에서 일어난 대화어법이 가족 간의 재미와 화목한 관계를 가져다 줄 수 있다는 것을 재인식하게 한다.

시 「겨울에 핀 꽃 한 송이」는 아버지인 화자가 "무에 그리 바빠/ 아들 횟집 개업식에도 가보지 못한" 아들을 찾아가는 심정을 형상화하고 있다. 화자는 "정성스레 차려준 해물과 겨울의 별미/ 방어회를 맛본다/ 처음으로 받아보는 진수성찬이다"라고 한다. 나름 만족하고 흡족한 화자는 "지금까지/ 자식 사랑은 부모 가슴에 피어난/ 한 송이 꽃이었지만/ 오늘 부모 사랑은 자식 가슴에/ 한 송이 꽃으로 활짝 피어난다"고 한다.

이처럼 시인의 가족 제재 시들은 삶의 본질과 인생을 성찰하게 한다. 시집 안에 가족의 탄생, 성장, 죽음, 밥벌이의 고단함, 돌봄 등은 삶의 가장 본질적인 모습을 형상하고 있기 때문이다. 가족에 대해 쓰는 것은 자신에 대해 쓰는 것이다. 가족 안에서 자신의 정체성을 찾고 확인하는 과정에서 시가 탄생한다. 가족은 가장 개인적이면서도 가장 보편적인 이야기를 담을 수 있는 상징적이고 감정적인 보고라는 것을 하강섭의 시가 보여준다.

4.

하강섭의 시에 나타나는 가장 많은 제재는 초목과 화초다. 이를테면 시에 인용한 「수국 씨에게 시를 써주다」「개불알꽃이 인사한다」「자미화 씨에게」부터 「꽃과 나비」「구절초 당신」「꽃무릇」「능소화」「꽃의 미학」「들꽃에 대한 보고서」 등 상당수다. 자연환경에 둘러싸인 시골에서 태어나고 현재 중소도시에서 살고 있으면서 만나는 초목과 화초들일 것이다.

옛 시인들이 초목(나무와 풀)과 화초(꽃)를 끊임없이 시의 소재로 삼아왔는데, 단순히 그것들이 예쁘기 때문만은 아닐 것이다. 여기에 인간의 삶과 자연을 연결하려는 깊은 철학적, 심리학적 이유가 담겨 있을 것이다.

대체로 시인들이 초목을 사랑하는 첫 번째 이유는 삶과 죽음의 순환(메타포)이다. 식물은 태어나고, 꽃을 피우고, 시들고, 다시 씨앗을 맺는 과정을 명확하게 보여준다. 시인들은 여기서 인간의 생로병사를 발견한다. 겨울을 이겨내고 돋아나는 새순에서 희망을 보며, 화무십일홍(꽃은 열흘을 붉지 못한다)처럼 짧은 개화기를 통해 인생의 허무함과 찰나의 아름다움을 본다.

또 식물은 소리 내어 말하지 않지만, 그 자리를 지키며 존재 자체로 메시지를 전달한다. 말 없는 위로와 공감을 주는 것이다. 시인은 식물과 정적인 소통을 하는데, 자신의 감정을 꽃에 투영(감정 이입)하기 쉽다. 내가 슬플 때 비에 젖은 꽃은 함께 우는 존재가 되고, 내가 기쁠 때 활짝 핀 꽃은 축하의 인사가 된다. 또 복잡한 인간 세상과 달리 초목은 거짓이 없고 평온함을 주기 때문에 정서적 안식처가 되어준다.

꽃에게 시를 써 준

시인은 몇 있을까

다행히 나는 그런

이력을 갖고 있다

흰빛 분홍빛 파란빛 보랏빛

입술로 찾아올 때마다

무엇을 원하는지

서로가 잘 알고 있기 때문에

그때마다 시를 써 주었다

-「수국 씨에게 시를 써주다」 전문

수국 꽃을 의인화 하고 있다. 화자는 화자는 수국과 교감력이 상당하다는 것을 언급하고 있다. 화자 자신만큼 꽃에게 시를 써준 이력의 시인이 많지 않으며, 수국이 여러 가지 색깔로 변할 때마다, 수국이 무엇을 원하는지 수국이나 화자나 잘 알고 있기 때문에 시를 써 주었다는 것이다. 제목뿐만 아니라 본문의 발상과 언술이 돋보이는 시다.

거제도는 매년 여름인 6월말에서 7월초 남부면 저구항 일대에서 대규모 수국축제가 열리는 것으로 알려졌다. 때문에 거제도는 '수국의 고장'이라 불릴 만큼 곳

곳에 수국 군락지가 잘 조성되어 있으며, 특히 바다를 배경으로 핀 수국이 장관을 이룬다. 국내 최고의 군락지를 만들어놓은 것으로 알려졌다.

시인의 다른 시 「수국축제장 가는 길」의 창작 배경이 수국축제와 관련 된다. 시적 화자는 "노자산 고개 너머/ 저구항으로 가네// 수국꽃 그늘이 있어/ 쉬고 있었더니// 높새바람 스쳐가며/ 분 향기 흩날리네// 아! 뿔싸/ 미모의 그 여인이/ 먼저 걸음하였구나"라며 수국의 향기를 여인의 향기로 비유하고 있다. 화초를 의인화한 그의 시 「개불알꽃이 인사한다」도 인상적힌 수작이다.

앙증맞은 개불알꽃이

담장 밑으로 부는

아침 바람에 환히 웃으며

출근길 맞이하고

정오의 따가운 햇살에

입을 꾹 다물고

죽은 듯이 엎드려 있다가

또다시

담장 밑으로 부는

저녁 바람에

고개를 들고 환히 웃으며

퇴근길 배웅 한다

-「개불알꽃이 인사한다」 전문

일상 대화에서 언급하기 어려운 수컷 신체 부분인 '불알'이 꽃 이름에 들어가는 흥미 있는 이름 때문이기도 하고, 꽃이 인사한다는 낯선 표현이 독자의 시선을 끈다. 웃음부터 터지는 이름을 가진 개불알꽃은 열매 맺힌 모양이 개의 고환을 닮아 이름을 붙였다고 한다. 이름이 비속하다 하며 봄까치꽃으로 바꾸었다고 한다.

이른 봄 양지바른 곳에서 우리가 만나는 흔하고 익숙한 꽃이다. 대개 사람들은 주변에 흔한 작은 꽃에 관심을 갖지 않는다. 또 눈에 잘 띄지도 않는다. 이 꽃은 자세히 보면 파랗고 작아서 귀엽고 앙증맞다. 화자는 이런 작은 꽃을 발견한 이후 꽃으로부터 출퇴근 시에 인사를 받는다. 시인의 작은 사물에 대한 관심과 관찰력, 비유적 활용능력이 돋보이는 시다.

자미화(紫薇花)는 배롱나무 꽃이다. 한여름인 7~9월에 걸쳐 100일 동안 붉은 꽃이 번갈아 피고 지어 백일홍 또는 목백일홍이라고도 불린다. 배롱나무는 꽃이 아름다워 예로부터 시 구절에 자주 등장한다. 시인은 자미화를 의인화 해 '씨'를 붙여 제목 「자미화씨에게」를 쓴다. 자미화에게 "핑크빛 립스틱을 진하게 바르고/ 올해 또다시 여름의 여왕님께서/ 날 찾아오셨는데/ 여전히 화려하시고 예쁘군요" 한다.

일상 주변에 흔한 초목과 화초는 시각, 후각, 촉각, 즉 꽃의 색깔, 향기, 잎의 질감 등을 통해 독자의 감각을 자극하기에 가장 좋은 소재다. '너를 사랑한다'는 말 대신 '네게 붉은 장미를 주고 싶다'고 표현할 때 훨씬 선명한 이미지가 전달되는 것과 같다. 때문에 하강섭을 비롯한 시인들에게 초목이나 화초는 단순한 식물이 아니라, 인간의 모습을 비춰주는 거울과 같다.

5.

하강섭 시편들을 고향과 유년, 가족, 초목과 화초 제재를 중심으로 살펴보았다. 필자는 시적 성취가 높은 이런 제재의 시편들을 읽어가면서 시인이 따뜻한 인정(人情)과 향수를 지닌 서정을 구사하고 있으며, 일상의 소박한 아름다움을 사랑하고, 자연과 조화를 이루며 성찰하는 삶을 살고 있다는 것을 확인했다.

시인의 상당수에 달하는 고향과 유년 제재 시는 서정적이고 감수성이 풍부하다. 향수(鄕愁)를 중요시 한다. 또 다른 제재 시에서는 그가 상당히 관계중심 적이고 정이 많은 시인이라는 것을 확인할 수 있었다. 부모 및 아내와 아들 등 가족을 제재로 한 다정다감하면서도 유머스러스한 시들이 이를 반증한다. 더불어 사람에 대한 사랑과 신뢰, 유대감을 중요시하는 그는 초목과 화초에 시선을 두는 자연친화적 관조가 뛰어난 시인이기도 하다.

이번 시집 안에는 별도 유형이나 영역으로 해설을 다루어도 되는 제재들이 있다. 시인의 직장에서 일어난 사건과 사유를 형상한 여러 편의 시들, 많은 수의 불교 제재 시편들, 고등학교 시절 일화를 다룬 시편들, 현재 거주하는 거제를 공간으로 쓴 시편들이다. 지면상 다루지 못한 아쉬움이 있다. 다음으로 미루기로 한다.